KB142351

나는 시인이다

나는 시인이다

2024년 7월 8일   초판 1쇄 인쇄 발행

지 은 이 ㅣ 고영균
펴 낸 이 ㅣ 박종래
펴 낸 곳 ㅣ 도서출판 명성서림

등록번호 ㅣ 301-2014-013
주   소 ㅣ 04625 서울시 중구 필동로 6 (2, 3층)
대표전화 ㅣ 02)2277-2800
팩   스 ㅣ 02)2277-8945
이 메 일 ㅣ ms8944@chol.com

값 10,000원
ISBN 979-11-94200-03-1

고영균 시집

나는 시인이다

도서
출판 명성서림

인사말

내가 나를 멋있다고 생각할 때가 있었나?
내 삶에 충실하였는가?
과연 내가 나를 평가 할 수 있을까?
몇 점을 줄 터인가?

하루에도 열두 번씩 바뀌는 감정의 기복을 주체할 수 없었다
긍정적인 마음가짐이라는
그 허울 아래에선 억눌린 감정과 아픔의 기억들이 고스란히
들끓고 있었다.
어둠이 있어야 빛도 존재하는 법
두렵다고 회피하고 싶지 않다.
어둠을 직면하고 깨치며 나아가리라
소신껏 **쓰고 싶은** 글을 쓰리라

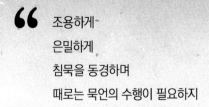

조용하게
은밀하게
침묵을 동경하며
때로는 묵언의 수행이 필요하지

나는 시인이다

잘못된 것은
목에 칼이 들어와도 말할 수 있어야 하며
사사로운 인연에
얽매이지 않는다
비탈길에 홀로 서 있는 소나무처럼
강인하고 담대하리라
그 어떤 일에도
비굴하지 않으며
나의 갈 길을 가겠다
나는 똑바로 말하고
또렷한 정신세계를 가지고
도덕을 수양하는 시인이다
그것이 나의 직업이다

포 맷

잊어야 한다
지워야 한다
수천 번을 되뇌고 바라건만
망각의 강은
또다시
잔인한 기억의 둘레만 돌고

잊지 말아라
꼭 기억해
가슴속 깊은 곳에 숨겨놓았건만
세월의 시간은
또다시
시들어 가는 꽃잎처럼 지워져 가고

잊어야 할 것과
잊지 말아야 할 것을
내 마음의 창고에 넣어두었다가
좋은 것은 꺼내 들고
나쁜 것은 휴지통에 버리자
그리고 포맷

그대에게 쓰는 편지

창밖에 비가 오네요
함께했던 추억만큼
주적주적 많이도 내립니다

창밖에 바람이 부네요
그렇게 좋았다가도
한없이 다투곤 하였지요

창밖에 낙엽이 지네요
한잎 두잎 떨어지는 걸 바라보며
함께했던 추억을 간직하려 해요

창밖에 눈이 내려요
흰 눈이 소복소복 쌓이는 건
그대와 나의 사랑만큼이나 뽀얗게 쌓이죠

그대에게 편지를 씁니다
나보다 더 나를 사랑했던 사람아
영원이라는 말 대신 사랑한다고

희로애락 喜怒哀樂

나는 꽃을 보면
희로애락 喜怒哀樂의 모든 것이 보입니다

가시광선과 같은 찬란함 속에
한 철만 뽐내며 시들어가는 모습
그리고
마침내 다시 환생하는

시인은 꽃을 통해 세상살이의 희로애락을 표현합니다

마음으로 보는 눈

내 귀가 정상이었다면
나는 시를 쓰지 않았을 것이다
굳이 쓸 이유를 몰랐을 테니
소리를 잃었지만
감성을 찾았다
이가 없으면 잇몸으로 살듯이
귀가 안 들리니
눈은 더 밝아졌다
마음으로 보는 눈

인생이 던져주는 것

인생이
시련을 던져준다면
상큼하고 깔끔한 맛의 레모네이드를 만들자

인생이
좌절을 띄워놓으면
그 속에서 배를 타고 룰루랄라 건너가겠어

인생이
마지막이라고 생각되거든
의연하게 미련 없이 후회하지 말아라

인생이
죽음을 예고한다면
겸허하게 기꺼이 웃으며 받아들이자

인생은
자기 안에서의 행복이다
진정한 자기 최면과 같다

사랑의 색

사랑은
싱그러운 초록빛 잎사귀에서
노랗게 부서지는 단풍잎 같더라

사랑은
새 옷을 입을 때의 느낌과
헤져 버릴 때의 느낌이 공존하더라

사랑은
설레던 마음과 더불어
애증의 강물처럼 흩날리더라

사랑은
내가 받은 것만큼
줄 수가 없기에 늘 안타깝더라

사랑은
끝없이 변해가는 카멜레온과 같아서
도무지 종잡을 수가 없더라

사랑은
깊이를 알 수 없는 동굴과도 같아서
끝없이 깊은 울림을 줘야만 하더라

사랑은
깊이 빠질수록 아픔도 크지만
추억의 공간도 넓어지더라

돈이란 무엇인가

돈으로
행복을 살 수는 없다지만
돈이 있으면 불행하지는 않을 것이다

돈으로 사람을 살 수는 없다지만
돈이 많으면 인간도 다스릴 수 있다

나는 지금 돈으로 살 수 있는
행복을 원한다

돈이란 무엇인가
행복의 척도는 아니겠지만
행복해질 수 있는 밑천이다

그것은
없어서는 안 되는 것이고
꼭 있어야만 하는 것이다
되도록 많이

기적의 삶

폭풍 속을 걷고 있다면
그 폭풍이 어디서 오는지는 알아야 한다

미로 속을 걷고 있다면
그 미로의 끝을 알아채야지

방황 속에서 헤매고 있다면
그 방황의 끝도 점쳐야 하며

절망의 늪에 빠져있다면
동아줄을 던져줄 사람이 필요하지

절체절명의 위기 속에 빠져있다면
반드시 출입구는 있기 마련이다

내가 살아가면서
수많은 위기와 좌절 속에서도
결코 생을 포기하지 않는 한
지혜로운 기적은 반드시 일어난다

쉬어가라

올라갈 때는 몰랐네
내려갈 때 알았네

시간은 더디지만
잠시
쉬어가야 한다는 걸

진실의 가림막

나는 맞다고 생각했는데
마주친 현실은
한겨울 차가운 벽이었다

나는 옳다고 생각했는데
세상 사람들은
나를 까칠하다고 한다

나는 정의라고 생각했는데
마주한 세상은
나를 왕따로 만든다

나는 진실이라고 생각했는데
거짓은
늘, 진실 앞에서 가림막을 치고 있었다

그러나
진실은 언젠가는 드러나고 말 것이다
우리가 진실과 정의의 편에 서야 한다

고 해

아
세월에 장사 없다고 하였는가?
내 나이 어느새 60에 육박하니
잘살았든 못살았든
견디고, 버티고,
지금까지 살아온 나에게 감사하자

아
인생이 흐르는 물과 같구나
흰머리에 주름살이 하나둘 늘어나니
거울 앞에 서는 내가 두려운 것은
보이는 껍데기의 겉모습보다
내면의 부끄러운 내가 보인다

아
이제는 내려놓아야 할까보다
허황한 꿈은 당장 버리고
진실하고, 진솔한 포용을 나누자
오만과 편견 따위는 개나 주고
지조 높은 남자로 살아가리라

아
이제는 떠나가야 하나보다
유쾌한 삶은 아닐지라도
부끄러운 삶도 아니었으리
오늘은 하늘이 무척 청명하구나!

사람과 사람

사람을 믿지 마라
결국 배신당할 것이다

사람을 믿어라
너를 도울 것이다

도대체
어쩌란 말인가

결국 사람은
좋은 사람을 만나야 한다

무소유

무소유, 무소유 하면서
정작 나 자신은 무소유를 실천했느냐
말로는
거대한 산도 움직이지만
실천하지 못하면
아무리 무소유 관념을 강조해 봤자
그것은 공염불에 지나지 않는다

무소유를 함부로 외치지 말라
진정한 무소유는
삶의 실천이자
베푸는 자의 도덕성이다

장미와 잡초

사람들은 장미를 좋아합니다
잡초는 필요 없다고 생각하죠

장미는 눈으로 보는 아름다움
잡초는 하찮고 해가 되는 풀

장미는 가꿔야 아름다워지죠
잡초는 가꾸지 않아도 저절로 자라죠

장미는 순결함 열렬한 사랑
잡초는 질긴 생명력

장미는 밟지도 않겠지만
잡초는 뭇발길에 밟혀도 또 살아요

나는 그래서 잡초가 좋아요

촛농에 살갗을 태운다

너의 한 몸을 바치어
어둠을 비추고
시들해져 버린 몸뚱이는
아무 관심도 없는 듯
촛농을 흘리며 사라져가고

나의 한 몸을 바치어
국가에 충성하고
가정에 충실한들
버려진 몸뚱이는
촛농에 살갗을 태운다

최상위 포식자

동물은 날카로운 이라도 드러내지
사람은
얼굴색 하나 변하지 않고
언제든
뒤통수에 전갈의 독을 주입할 수 있다

나쁜 사람은
가장 가까운 곳에 있지만
가장 멀리해야 할 존재다

험담과 악담

오늘
당신의 입으로
타인을 험담한다면

내일
당신의 귀로
악담이 들려올 것이다

길을 찾아서

"잠시 후 신호와 과속에 주의하십시오"
분명 도로를 달리는데
바다를 항해하는 것 같아

"600미터 전방에서 우회전입니다"
내 인생의 신호에도
갈 길을 알려주면 좋겠네

"제한속도는 시속 100킬로 미터입니다"
별을 보며 방향을 읽다
서두르지 않고 천천히 가리다

"잠시 후
목적지에 도착하겠습니다"
열심히 살다 보면 좋은 날 올 거야

마침내 그 길을 찾았다

이렇게

이렇게 되지 않게 바랬는데
이렇게밖에 되질 못했네요

이렇게 살기 싫었는데
이렇게 살 수밖에 없네요

이렇게 열심히 살았는데
이렇게 후회하고 있어요

이렇게 변치 말자 해놓고
이렇게 변해가고 있어요

이렇게 세상은 바뀌고 있는데
이렇게 나 혼자 머물다 가네요

이렇게
내 인생도 가네요

소리 없는 연주

소리만 없을 뿐
연주는 계속된다
들리진 않아도
리듬은 탈 수 있지
어떤 기분인지 너는 알까?
슬플 때도 삶은 지속되고
기쁠 때도 삶은 이어진다

사공이 없는 배도
바다를 떠다니고
이가 없으면 잇몸으로 산다는 게
가슴으로 느껴질 때
결코 완전하지 못한
내 삶의 방식에도
순항은 계속되리

허파에 바람이 들었나

띵동
통장에 돈 들어오는 소리
언제 들어도 기분이 좋아
허파에 바람이 들었나
왜 이리 실실거려
하루 종일 울려도 좋겠네

쨍그랑
통장에 돈 빠지는 소리
하루에 한 번만 울려라
허파에 바람이 빠진다
왜 이리 우울해질까
의욕이 없어진다네

사랑은 뭐예요

사랑은 빛과 같아서 유치하지만 찬란하다

사랑은 알면서도 당하는 보이스피싱이다

사랑은 구덩이 속에 빠진 생쥐 꼴일 수도 있지만

양탄자를 타고 날아갈 수도 있다

사랑은 물개가 하늘을 나는 기분이다

사랑은 정답은 없지만 오답 속에 결말을 낳는다

압축 쓰레기통

넣는다

밟는다

쪼그라든다

인간쓰레기

없애지 못하면 줄이자

이렇게 추운 날

괜스레
생각나는 사람이 당신입니다
살갗을 파고드는 추위는
당신 품속을 더 그립게 하지요
끓어오르는 간절한 그리움을
애써 잠재우며
눈보라가 휘날리는
겨울 추위도
가슴으로 맞닥트리고
꽁꽁 얼어붙은 저 강물에
그리움 한 스푼
시린 마음 한 스푼
던져봅니다

사랑하는 그대여
겨울이 이렇게 추운 것은
그대 생각을 더 많이 하라는 것이겠지요
가슴 속 그 냉골을
데우지 못하고
겨울나무의 가지위에
한 마리 새처럼
하늘을 향하여 부르는 슬픈 곡조는
차마 말하지 못했던 그 한마디
사랑합니다

연과 함께

바람이 살랑거리는 날
방패연을 날려본다
하늘을 힘차게 나는 연
이내 줄이 끊어져 날아가 버린다

인생이란 그런 거였어
부모님 울타리에서
언젠가는 빠져나와야 하는걸

소년아, 소녀야

깊은 밤
소리 없이
밤새 눈은 내리고
어두운 골목길
평상 위에는
고독이 쌓인다

흰 눈이 뽀얗게 쌓인 골목길
밤늦도록 좋아하며 뛰어다니던
소년은 어디 갔을까?
그러고 보니
요즘 소년들이 안 보인다

긴 밤을 지새우고
새벽공기는 차가운데
아이들의 시끄러운 소리는
그 옛날 추억이 되었나
소년·소녀들이 보고 싶다

당신을 피하는 이유

누굴 만나면
안 될 것 같아 지웠습니다

또 만나면
원망하게 될 것 같아 안 갔습니다

계속 만나면
의지하게 될 것 같아 회피했습니다

자꾸 만나면
부탁하게 될 것 같아 자제했습니다

당신을 만나면
소나무의 송진처럼 눈물이 흐릅니다

파강회

한참 잘 자라던 때
무작정 잡아 오더니
옷을 벗기고
뜨겁게 고문을 한 뒤
냉수마찰을 시킨다
탈탈 털어 나올 것도 없건만
몸통까지 배배 꼬더라

누구의 입맛에 맞춰질까
휘감아 상투처럼 만들어
누군가에게 찍혀
밧줄에 꽁꽁 묶여
헤어날 수도 없는 상황에
접시 위에 올려진 파강회는
마치 내 모습 같더라

복대를 찬 나무

한겨울 찬바람에
겨울나무의 표식인지, 복대인지
짚 따위로 나무를 감싸고
잠복소 안에 머물다 간 자리에는
흔적조차 없이 불태워 사라진다

내가 살아온 수십 년 세월
나무 같았으면
제법 굵어져
온갖 비바람과 태풍에도 견디는
튼튼한 나무가 되어 있겠지

어떤 나무는 구멍이 파이고
줄기가 잘려 나가도
굳건하게 서 있을 수 있는 이유는
한옥의 주재는 나무와 흙인 것처럼
한민족은 하나의 뿌리이기 때문이다

당신 마음은 백지

당신 마음은 백지
빨간색
파란색
검은색
아무것도 그려지지 않았어요
지울 필요도 없어요
뒤집어 그릴 필요도 없지요
너무도 순수하고
너무나 깨끗합니다

당신의 그 마음의 백지에
내 마음의 풍경을 그릴게요

유연자적

세상사
왜 이리도 복잡하고 실망스러울꼬
속세를 떠나 아무 속박 없이 조용하고
편안하게 삶을 살아가기로 했다
조용하게
은밀하게
침묵을 동경하며
때로는 묵언의 수행이 필요하지

인생사
무엇이라고 아등바등하며 살꼬
한평생을 사는데 다투고
애면글면 살 필요가 없어
익살스럽지 못하거든 허풍떨지 말라
애증의 강은 흘러
섬광이 번득이기도 할 터이다

노팅힐

꿈속에서나 가능한 일이 현실에서 일어난다
노팅힐에 있는 파란 대문집에서
그녀와 키스하고
달콤한 로맨스에 빠져들지
오늘 신문은 내일이면 쓰레기가 된다
그냥 한 남자 앞에서 한 여자로서 사랑해 달라던
영화는 해피엔딩으로 끝난다

꿈같은 상상이었다
누구라도 한 번쯤 그려 보았던 사랑 이야기
그때 그 시절
감동은 20년이 지나도 그대로이다
젊은 날
달콤한 속삭임에 행복했던 시간
추억은 또 다른 삶의 의지를 실어
파란 집 대문 사이로 흐른다

가을편지

창밖의 나무가 옷을 벗어요
가냘픈 몸매가 애처롭군요
하늘에는 파스텔 물감을 뿌려놓은 듯하고요
가만히 있기에는 너무 좋은 날씨에
빈폴 자전거를 타고 바람을 맞아봅니다

그라데이션 하늘에는 구름 한 점 없어요
너무도 깔끔해서 정신이 혼미하죠
길가에는 무궁화꽃이 장관을 펼치네요
나 혼자 보기에는 너무도 황홀해서
누군가를 불러서 함께 보았어요

숲속의 빛은 청명하게 밝아요
고요한 숲에는 새소리만 울려 퍼져요
떨어진 낙엽을 밟을 때마다 나는 소리
들을 수는 없지만 느낄 수는 있어요
이곳에 영원히 머물고 싶네요

그대에게 편지를 썼어요
사랑한다는 말은 못 했지만, 그대는 알아챘죠
검은색 잉크로 꾹꾹 눌러쓴 편지를 보내요
우체국 앞 빨간 우체통이 아름다워요
그대라는 사람에게 편지를 보내요

아그네스의 고독

새벽이 가네요
당신이 떠나던 것처럼
아무런 말도 없이 소리도 없이
지친 아그네스의 고독한 몸짓

잊혀 가네요
가는 세월만큼이나
망각의 시간도 점점 짙어져
이제는 기억도 나질 않아요

라일락의 꽃잎도
하나, 둘 떨어지더니
절대로 보이고 싶지 않은
앙상한 가지만 남게 되겠죠

그렇게 또 계절은 흘러가네요

나이들어 만나고 싶은 사람

내 나이가 돼보니
만나는 사람도 한정돼 있고
만나고 싶은 사람도 딱히 없어
그래도
꼭 만나고 싶은 사람이 있다면
진솔한 사람과 대화하고 싶다
그리고
반드시 만나고 싶은 사람은
나와 같은 처지의
나와 같은 현실 속에서
나와같이 아픈 사람을 만나고 싶다
그래서
내 속의 진실 상자에서
꺼내든 이야기를 전하고 싶다

그리고
우리 둘은 아무 말 없이
서로의 손을 꼭 잡아주고 싶어

애 수

잊힌 줄 알았는데
또다시 생각이나
주의를 둘러봐도
그 사람은 없는데

세월이 흘러도 잊을 수 없나 봐
슬픈 사연들은 언제나 떠올라
잊힐 줄 알았는데
구구단처럼 뇌리에 박혔다

또 다른 사랑으로
널 잊어야 했어
추억이라 생각하기에는
너무도 슬픈 사랑

떠도는 구름처럼
흘러가는 대로 지나가 보자
시간을 잡을 수 없듯
이제는 놓아줄 수밖에

침묵의 묵상

쓸데없는 말을
많이 했나 봅니다
책임질 수도 없는데

쓸모없는 말을
듣지 말라고 합니다
침묵의 묵상을 위하여

곱게 늙어간다는 것

머리를 더 자주 감아라
깔끔하게 단장하여라
집 안을 깨끗이 하라
늙어가는 것을 잊어라
말 한마디에 주의하라
행동에 신중하라
수양을 게을리하지 마라
덕을 쌓아라
젊은이에게 본보기가 되어라
죽음을 두려워하지 마라

인생철학

내가 바라보는 남들은
왜 그렇게 답답하고 힘들게 살까?

나를 바라보는 남들의 시선은
왜 그렇게 고집스럽고 한심할까?

내가 육십을 바라보니 말이오
세상은 단 한 사람도 같지 않고
인생은 정답이 없다는 것이다

내가 나를 깨우치기에 부족한 것이
인생인데
어찌 타인이 나를 알며 이끌어줄까?
다만
인생은

자신을 위한 학문을 하는 것

포기하고 싶은 순간들

짐 하나를 내려놓았다
더 큰 짐을 짊어지고 가란다
끝없는 병과의 싸움
지칠 대로 지쳐버린 육체와 영혼
살아있는 동안
끝없이
엄습하는 죽음의 공포
그만 포기하고 싶다가도
나를 살게 하는 또 다른 이유
그것은
나를 살게 하는 당신이 있기 때문이라네

이런 사람이 되게 하소서

하루가 행복한 사람
오늘을 위하여 최선을 다하는 사람
늘 웃음을 머금고 있는 사람
말씨를 이쁘게 하는 사람
걸음걸이가 빠르고 경쾌한 사람
진실을 이야기하는 사람
순수함이 묻어나는 사람
바라보기만 해도 편안해지는 사람
꾸밈이 없는 사람
오래 지나도 한결같은 사람

그런 사람이 옆에 있습니까?
그런 사람이 되고 있습니까?

터벅터벅

산골짝 계곡 옆
통나무집 사이로 걸었네
바람은 시원하고
냇물은 맑기만 한데
아무런 느낌도 들지 않아
아무 의미도 없는 것 같아

그냥 걸었어
갈 곳도 없고
목적지도 없는데
걷지도 않으면 미칠 것 같아
산새들은 나를 보고
길 잃은 양이라 놀려대네

산꼭대기 우뚝 선 소나무
정의를 상징하며 의연한 자세로 서있다
그 모습에 감탄하여 넋을 잃어
그 넓은 그늘에 숨어
벗하자 매달렸네
소나무야

죽느냐 사느냐

절망이라는 거
그게 참 지독하거든
사람을 죽게도 하지

희망이라는 거
그게 참 간절하거든
사람을 살게도 하지

절망은
페널티 킥 을
막아야 하는 골키퍼와 같다

희망은?

문학 그것은

문학은
좋은 생각과
아름다운 감성과
자유로운 영혼에서 시작된다

문학은
사물을 올바르게 바라보는 관점과
굳은 심지와 의연한 자세로 바라보며
세상을 읽어나가는 삶의 지표이다

아무도

아무도 없는 곳에서
아무것도 하지 않고
아무 일도 없던 것처럼
아무 생각 없이 살고 싶다
아무 말 하지 마라
아무 가진 것이 없다

아무 걱정 하지 말고
아무도 찾지 않아도 좋아
아무나 붙들고 울고 싶다
아무한테도 말하지 마!
아무 날 아무 시
아무도 모르게 떠나고 싶다

비오는 날

비가 시리도록
내리는 날에는
아무 생각 하지 않아도
그리운 사람이 스쳐 갑니다

비가 서글프게
내리는 날에는
아무 말 하지 않아도
보고 싶은 사람이 있습니다

이렇게
비가 하염없이
내리는 날에는
아무 이유도 없이
당신이 그리워집니다

좋은 이름 (善)

오랜 세월이 지나도
변하지 않는 것이 있어요
바로 당신 이름

시간이 아무리 흘러도
퇴색되지 않는 것이 있어요
바로 선과 악이죠

시대가 아무리 변해도
변하지 않는 것이 있어요
바로 당신의 심성입니다

우리는 힘든 세상을 살지요
그렇지만 변하지 않아요
나와 당신에게 주어진 착할선善

열심히 사는 사람들

그중에 내가 있었으면 좋겠네
작은 소망 바라보며
내일을 꿈꾸었으면 좋겠네
무슨 일이든
어떤 일이든
할 수만 있다면 좋겠네
열심히 사는 사람들 속에
세상 근심 다 잊고 벗들과
어우렁더우렁 살았으면 좋겠네

나만의 생존법

내 마음속 깊은 곳에
큰 가시가 박혀
진실의 눈동자를 바라보지 못함은
가시는 심장을 찌르나 보다
여름의 일그러진 찜통 같은 방
겨울의 낸 골방의 설움은
삶을 이따금 정체시키고
홀로된다는 것과
홀로 살아내야 하는 고독에도
내가 삶을 두려워하지 않음은
확고한 가치관과
나만의 생존법이 존재하기 때문이다

" 나는 그렇게 살다 가기로 했어요
오늘이 죽을 것 같은 하루일지라도
내일을 바라보며 살아야겠죠

이별 여행

언젠가 다가올
이별의 순간이
우울한 잿빛 하늘처럼
떠나야 할 시간이
일찍 올 것임을 암시하고
서쪽 하늘에 노을이 진 것처럼
떠나야 할
예정된 시간임을 알려준다

인생이란
달리는 열차와도 같아서
빠르기도 하지만
느릴 수도 있고
캄캄한 터널 속 깊은 곳에서도
쉼 없이 나타나는 환희와도 같아
끝없이 펼쳐진 인생이라는 여행길은
종착역을 끝으로 사라져간다

나 자신을 위로하는 하루

그래
오늘 하루도 잘 보낸 거야
조금 늦는다고 큰일날 것도 없잖아
천천히 가는 거야
어디에 있든지
무엇을 하든지
내가 나에게 스스로 만족하면 돼
그게 바로 인생이란다

매일 같이 비가 오지 않아
오늘은 흐렸다가
내일은 찬란한 태양도 뜨지
항상 우울하다면
기나긴 인생을 어떻게 살겠니
지금은 아프더라도
내일은 좋은 날 올 거다
그렇게 스스로를 위로하는 하루

말은

말은
많이 할수록 손해를 본다
좋은 말만 할 수가 없기 때문이다

말은
천리 밖에서도 돌고 돈다
좋은 말은 쏙 빠지고 나쁜 말만 돈다

말은
한번 꺼내면 돌이킬 수가 없다
누군가는 반드시 상처받는다

말은
언어의 마술 같은 힘이 있다
사람을 죽이기도 하고 살게도 만든다

말은
행동하고는 다르다
행동은 실천하지만, 말은 실천하기 힘들다

말은
남발하는 것보다 경청하는 게 좋다
인생의 모든 공부는 말속에서 나온다

말을
많이 하는 사람치고 남을 흥보지 않는 사람이 없다
그러니 자중해라

말은
시한폭탄이다
언제 어느 곳에서 터질지 모른다

말은
그 사람의 인격을 나타낸다
나이 들수록 말은 삼가고 행동을 보여라

말은
꼭 필요한 말만 하라
잔소리는 무덤 속에서 나 하는 것이다

그대도 내가 그리운가요

초하의 이른 아침
어젯밤 늦게까지 온 비로
창가에 이슬이 맺혔어요
무슨 일 있었냐는 듯
햇살은 따뜻하더니
이내 아스팔트 위에
아지랑이가 아롱거려요

그대도 내가 그리운가요?
비에 젖은 수국의 빛깔이
처연하도록 곱기도 하고요
수국 정원에는 알록달록
뭉치가 자태를 뽐내고 있어요
내가 그리워하는 만큼
당신도 내가 그리운가요?

숨

숨을 들이켜지 않아도
살 수가 없고
숨을 내쉬지 않아도
살 수가 없다

몸을 움직이지 않아도
살 수가 없으며
몸을 혹사해도
살 수가 없다

인간에게
삶이란
적절하고 균등하게 살아가는 것
숨 쉬고 사는 날이 좋음이라

조각난 사랑

언제 다시 만날 수 있을까
초저녁 달빛은 이렇게 아름다운걸
흔들리는 갈대의 마음
떠다니는 조각구름 같아라

조용한 찻집에 앉아
무작정 기다려본다
나와 같은 마음이라면
그대도 나를 찾을까

조각난 사랑아
내가 그리 쉽게 잊히거든
두 번 다시는 만나지 말자
추억 속에서도 지워라

수연만장垂涎萬丈

처음 먹어본 사람은 있으되
다시 먹지 않는 사람은 없다
충절의 고장
천안의 알프스
산 좋고 공기 맑은 이곳은 북면

상동리부터 흘린 침이 마르기도 전에
수연만장垂涎萬丈
이끌려 온 이곳
한 그릇의 정통 어죽 속에는
진실을 우려내고 약속을 담는다

북면에는
수연만장垂涎萬丈 어죽 집이 있고
내가 살아있다

노시보 효과 플라시보 효과

나는 매일 아프다네
날마다 같은 약을 먹고
매일 힘들어하며
하루하루가 고통이라 생각했으며
매일 죽는 연습과 같은 생각을 한다

나는 매일 즐겁다네
날마다 같은 길을 걸으며
매일 웃고 지내고
하루하루가 행복이라 생각했으며
매일 산다는 것에 감사한다

노시보 효과는 죽음
플라시보 효과는 삶
삶과 죽음은
긍정적이냐
부정적이냐일 뿐

라일락 향

오월은 취한다
집 앞 라일락 향기에 취한다
꽃과 신록의 계절
오월이여
라일락 향기
너무나 향기로워
꽃 향에 취하겠단다

첫사랑의 달콤했던 첫 키스
긴 생머리가
바람이 솔솔 불어 들자
감미로운 라일락 향기가 코에 스몄다
오월이여
라일락 향기
너의 향기에 나는 취한다

이 사람아

괴롭다고
슬프다고
세상 다 산 것처럼
넋 놓고 있지 마라

지쳤다고
힘들다고
세상 원망하며
자책하지 말라

인생은
감나무와도 같다
겉으로는
단단해 보여도
속은 약하디약하지!

조금씩
천천히
나를 위해 살아가
누구의 눈치도 보지 마라

어젯밤 꿈속

고단한 몸을 이끌고
집으로 돌아오니
어머니는 밥상을 차려놓았다
"안 먹을래"
"그러지 말고 조금만 더 먹어라."
싫다고 뿌리치며 방으로 들어갔다
엉거주춤 서 있던 어머니

눈을 뜨니 꿈이었다
어머니는 그렇게 나에게
안부를 전해 주셨나 보다

사랑은

사랑이란
곧게 자라며 높이 올라가죠
뿌리는 화석처럼 단단하고
잎은 광택이 납니다

사랑이란
미루나무숲 사이로 난 길을 걸어가는 것
미루나무의 수풀 사이로 보이는
행복의 계단을 함께 올라갑니다

그 사람

눈을 감으면 생각나는 사람
눈을 떠도 생각나는 사람
앉으나 서나 생각나는 사람
중년의 나이답지 않게 사춘기 소년처럼
그 사람 생각에 가슴이 두근거려요
내가 아플 때 생각나는 사람
혹시나 아플지 걱정되는 사람
무엇을 해도 자꾸 생각나는 사람
순간순간 그 사람 생각이 납니다
온통 그 사람 생각뿐이랍니다
내 머릿속은 온통 그 사람 생각
그런 사람이 있나요?
바로 당신 생각

오늘 하루만 살 수 있다면

내가 만약
오늘 하루만 살 수 있다면
나는 열심히 일을 하겠어
그리고 남은 시간은 오늘을 기억할 수 있도록
일기를 쓰고 시를 적어놓으리라
나는 오늘을 살다 가지만
내일을 살아가는 이들이
오늘을 사는 것처럼
내일도 의미 있게 살아가도록 희망을 남기겠다

사랑의 진실

청춘의 사랑은
만나고
떨리고
설레고
헤어지고
아파하고
죽을 것 같아
또다시 만나고
다시 시작하지만
반복되는 앵무새의 노래

중년의 사랑은
간장이 오그라지는 듯
애틋하고
참아야 하고
표시 내어서도 안 되고
받아줄 수도 없고
깨트릴 수도 없고
견뎌야 하고
이겨내야 하고
오롯이 혼자 감당해야만 한다

중앙선

말이란 것이
돌고 돌아서
결국은
당사자에게 돌아오는데
누군가는
생각 없이 던진 말 한마디에
당사자는
할 말을 잃게 되는 것

말이란 것은
진실이라 할지라도
전해야 할 말이 있고
전하면 안 되는 말이 있다
이것은
반드시 지켜야 할
중앙선과도 같은 것이다
결코 넘어서는 안 되는 선이다

눈물이 상창하다

그때 그 시절
조금만 더 참고 지낼 것을
힘들어도 내색하지 말 것을
더 열심히 살 것을
참고 인내하며 있을 것을
속절없이 흘러간 세월 속에서
나의 눈가에 눈물이 이렇게 상창할 것을

혼자 나는 새

친구가 없다는 것
참 외롭고 힘든 일이야
후회하진 않지만
고독한 건 사실이지
내가 만든 울타리 안에
나를 가둬 놓은 건
허울뿐인 열등감

혼자만의 세상
관조 속의 해탈
지루하지만 조용하지
기댈 곳도 없고
다툴 일도 없어
익숙한 혼자만의 함구
나는 혼자 날아다니는 새

시한폭탄

째깍째깍
언제 터질지 모른다
온몸에 얽힌 폭탄들이
터지는 날
비로소
참 자유로운 영혼이 되리
내가 터트릴 순 없다
마치
주어진 시간만큼
견디다 견디다
마침내 터질 것이다

아버지라는 이름

불러볼 수도 없었고
불러봐도 대답 없던
아버지라는 이름

작은 가슴에 얼룩진 상처를 남기고
돌아서는 발걸음에
차마 불러보지 못한 이름

식물들도 뿌리가 있음에 줄기가 있을진대
아버지란 이름 뒤에 숨겨진 영혼
적막한 밤하늘에
이름 모를 별이 뜨거든
아버지라는 이름으로
살다 간
나를 기억해 주오

어떻게 살래

가난할수록
겸손을 배워라
없이 살아도
존경받을 수 있다

배운 게 없다고
무식하지는 말라
막노동에도
도덕은 존재한다

불공평하다고
세상 원망은 하지 말라
내가 사는 세상은
남들도 존재한다

삶은 그런 것이다
나를 아껴야
남들도 사랑한다
이것이 인생이다

종 점

끝없이 달려온 길
거침없이 살아왔다
실추될 명예 따위는 없었지만
내 삶에 불평 없이 정해진 운명대로
우환과 다툼 속에서도
번민하였지만
관대히 포용하고
위세가 당당하게 살아왔다
부귀와 영화는 누리지 못했지만
결코 비굴하거나
행색이 초라하게 살진 않았다
이 삶이 퇴색되고 참담해진다고 하여도
난 결코
열패감이나 인생의 패배자는 아니리다

붉은 홍연의 연가는
삶의 의미를 축복한다

매 듭

어찌 이렇게도
얽히고설켰나
어디서부터
어떻게 풀어야 할까
인생은
나에게 묻는다
그럴 때는
나는 대답하지
풀리지 않거든 잘라내

인생을 살면서
해도 해도 안 될 때가 있어요
아무리 애면글면 하여도 안 될 때
그럴 때는 과감히 끊어내세요
동아줄의 매듭은 풀 수 있지만
굵은 나뭇가지의 매듭은
절대 풀리지 않아요

애면글면

무엇으로 내 마음을 표현할까
올무에 걸린 듯 너무 아프다
벗어나려 발버둥 칠수록
더욱더 조여오는 절망감
생존을 위해 애면글면한다

보이는 상처 따위야
치료하면 되겠지만
마음에 깊이 파인 상처들은
무엇으로 치유한단 말인가?

인생 예찬

인생살이 중
내 마음대로 안 되는 게 있다

돈 버는 일
돈은 찾아오는 것이지
쫓아가는 것이 아니다

건강은 타고 나야 하지만
평생 관리를 통해 지켜가야 한다
자칫 시기를 놓치면 불행해진다

자식은 내 생각대로 안 된다
자식은 부모의 거울이라 하였으니
내 젊은 날을 생각해 보라

인생은 배우는 과정이다
실패의 연속일 수도 있다
그러나 늘 최선을 다해야한다

모래사장을 걷는다

한 발짝
두 발짝
조금씩 천천히 걸어본다
하염없이 걷다 보면
어느새 멀리도 왔지
뒤돌아볼 새도 없이 걸어온 길
참 열심히도 살아왔다
뒤돌아보면
밀물에 사라져 버린 내 발자국
인생이란 게 그런 거란다
이룰수록 빠져버리는 이치
난 모래사장 위를 걷고 있었다

마음속 신호등

그래
이제 조금 쉬어가는 거야
건강도 노란 불에서
빨간 불로 바뀌었듯
마음도 적색 등이 켜진 거야
조금만 기다리면 돼
조급하지 말고
천천히 챙기면서 지내보자
건강의 녹색 신호등이 켜질 때
마음의 녹색 신호등도 켜진다

좋은 사람

스쳐 지나가는 사람들과
인연 속에 좋은 사람만
만났으면 좋겠어
잠시 잠깐 스쳐 간다고 해도
좋은 사람으로 남아
흐뭇한 기억들만
있었으면 좋겠어
내 가슴에 멍울 드리우고
나쁜 기억은 남기질 않게
내 평생에 남은 인연 중엔
좋은 사람만 만났으면 좋겠어

인생의 고배

인생은 나에게 고배를 주었다
쓰디쓴 고배를 마신 후에야
인생을 논할 수 있었지
아무리 크고 단단한 바위도
한 방울씩 떨어지는 빗물에 팬다
그리고 언젠가는 구멍이 뚫리듯
인생도 영원할 것 같이 살고들 있지만
한 치 앞도 모르며
스쳐 가는 등불 같은 것이다
사물이든 인생이든
영원한 것은 없습니다
하물며 한 번뿐인 인생을 사는 사람은
아름답고 찬란한
횃불처럼 살아야 한다

둥지

앙상한 가지 위에도
새는 둥지를 짓는다
겨울 찬 바람을
온몸으로 마주하며
새롭게 태어날 새로운 생명에
그 무엇도 두려워하지 않지
부모란 그럴 것이다
나 자신과 바꿀 수 없을 만큼
나보다 곧고 바르게 키워내길 바란다
한없는 희생과 헌신 속엔
아픔도 있지만
올바른 가르침에 대한 관점은
훌륭한 가치관을 만든다

귀의 시

들을 수 없는 고통은
사람들을 멀어지게 하고

들리지 않는 아픔은
나에게서 너를 지운다

결혼의 조건 인생의 조건

결혼은 직위와 월급과
집안의 조건이 아니다
서로 사랑하는 애틋한 마음
가슴에서 요동치는 설렘

인생은 명예와 부의 축적
성공 또는 위세, 위신 따위가 아니다
작은 것에 만족하고
마음의 풍요로움으로 이루지

결혼하는 사람이여
상대를 배려하고 항상 감사하라
오늘이 좋다고 하여
내일도 좋을 수는 없다

인생을 사는 자여
삶은 끝없는 바다 위의 항해
힘들다 생각하지 말고
내일을 향해 뛰어라

서로 사랑하라

흑성산 깊은 산 옹달샘
독사는 물을 마시고 독을 만들어 품고
어미 소는 정성껏 새끼를 품으려 무릎꿇는다
어릴 적 동화 같은 마음이야
오래전 사라졌다 한들
인간의 천성만은 변하지 말라
자연을 보라
그렇게 내어 주면서도
불평불만 한 번 하지 않는다
인간은 욕심의 동물
언제나 가지려고만 하지
자연은 우리에게 친절하지만
이제부턴 경고의 메시지를 전한다
서로 사랑하라고

지과필개知過必改

내 잘못을 알면 반드시
고쳐야 한다
잘못을 알고도 인정하지 않거나
고치지 않게 된다면
더 큰 잘못을 저질러도
고치려 하지 않지
살다 보면 알게 모르게
많은 실수와 잘못을 하게 된다
내 잘못을 안다면
반드시 고치고 개선하라

그것은
사람이 가져야 할 인성이다

은빛 사연

스쳐 가는 모든 인연은
무언가의 의미를 부여하는 듯하고

밤하늘 무수한 별 중
나에게 하나를 선택하라시면
가장 빛나는 별을 꼽으리다

무수했던 내 인생에 황홀했던
기억은 많이 없겠지만
망각의 세월 앞에 잊혀간 추억들
중년이란 나이 앞에 후회된들 무엇할까
추억은 추억대로 쌓아놓고
새로운 인생의 무대에 서본다

인생 주행

살아보니 그렇더군
빨리 간들 늦게 간들
빨리한들 늦게 한들
모든 건 한 끗 차이
차들도 30km
내 인생도 30km

안전 운행하시게나

이젠 떠나고 싶다

길어진 여정
준비도 못 했지만
한 송이 국화꽃 뒤에
놓이고 싶다

기약 없는 약속 따윈
져버린 지 오래건만
돌아온단 약속마저
할 수 없어 미안하네

세찬 비가 내린 뒤에
밤하늘에 별이 뜨면
그 별 뒤에 숨은 나를
알아나 봐주시오

꿈을 꾸듯 지친 영혼
창호지에 물들여서
내 앞에다 놓아주면
인제야 편히 쉬리

숨쉬기운동

후하고
내뱉은 거친 숨엔
고르지 못한 후회의 한숨
조급해진 마음 안에선
거친 숨소리만 쌕쌕거리지

평온한 마음으로 나오는 숨과
다급하게 내쉬는 숨은
내 삶을 지배하는 숨소리

세상은

내가
세상을 알기 전에
세상은
자신이 만만하고
장기판의 졸이었으며
그저 시시한 존재였다

내가
세상을 알고 난 후에
세상은
거대한 산 아래
소용돌이치는 태풍의
중심에 날리고 있었다

의인

이것은
꿈이 아닌 현실
온몸에 전율이 흐르고
육신이 만신창이가 되어도
결코
삶에 굴복할 수 없는
단 한 가지 이유는
허망한 인생은 피하기 위함이요

끝없는
고통의 몸부림
정신이 혼미해지는 순간에도
인내의 술잔을 마시며
생은
한 번밖에 살아갈 수 없기에
위인은 못될지언정
의인이 되기 위함이다

진실과 거짓

요즘 세상
무엇이 진실이고
어떤 것이 거짓인지 모르겠다
너도나도
가면을 쓴 체
진실만을 외치는데

감나무에 감이 떨어져 없어졌다
감나무 밑에 강아지만 꼬리를 흔들지
마치 범인인 듯 실컷 때려주고
뒤돌아서니
고양이가 담장에서 배를 두드린다
입가에는 무언가를 묻히고
마치 아무 일 없었다는 듯

인생 꽃

내 생애가
남들보다 짧다면
인정하고 수긍하겠소
그러나
그 짧은 시간마저
아무 쓸모 없게
버려두게는 하지 마시오

개나리와 진달래가
도처에 만개한 봄부터

북풍이 매서운 겨울의
동백꽃 한 떨기가 아름답게 피기까지

온 열정을 바쳐
삶에 충실하고
붉게 물들어 갈 수 있기를
그렇게 될 수 있기를

소나무처럼

소나무에 목을 매지 말라
소나무는 올 것이다
저 탄탄하고 강인한 소나무도
한때는
줄기가 잘려 나가고
등 비벼 벗겨진 살갗에
아픔은 묻어있으니
내 어찌 모를까?
담대하라
굳건하다
그리고 변치 말아라!
소나무처럼

그래 울어라

마음껏 울어라
세상살이 하소연
기구한 운명에 울어라
눈물이 마를 때까지 울어라
마음속
가시가 쏙 빠질 때까지 울어라
그렇게
울다 보면 속 시원하겠지
그리고
또, 살아가는 방식이 생길 거야
그러면
또, 웃는 날 온단다

5월의 향기

푸른빛 산길
단풍나무 숲길을 걷다

아카시아 향기 가득하네
짙은 향기 온몸을 휘감아
첫사랑 향기인 줄 착각했어

아가씨야
아카시아 향기를 맡아보오

처음 당신에게서
그윽한 아카시아 향기처럼
나를 매혹 시켰지
아카시아꽃 필 때
진하게 내게로 다가왔는데
다시 당신에 취하고 싶어

사랑이라는 꽃

사랑이라는 꽃이 있다면
어떤 색깔일까
내 삶과 영혼을 다 바쳐도 모자란
황홀하고 아름다운 꽃이다
미지의 세계에서 피는 꽃

많은 사람이
미지의 세계에 대한 탐험을 꿈꾼다
그리고 일탈한다
지금, 이 순간이 진정한 행복인 줄 모른 체
홀로서기에 더욱더 아름다운걸

죽음에 대처하는 자세

태어나지 말 걸 그랬나요?
내 맘도 아닌, 내 의지도 아니었는데
삶은 이렇게도 잔인하게 흘러가네요

바라보지 말 걸 그랬어요
애초에 될 일도 아니었는데
괜한 욕심에 역풍만 맞았네요

죽고 싶다고 말하지 말아요
인간은 누구나 죽어가지만
죽음 앞에서 초연해지기란 쉽지 않아요

때로는, 삶이 지루하고 공허하며
앞이 보이지 않는 어둠 속이라도
죽는 거보다는 살아가는 게 의미 있을 거예요

나는 그렇게 살다 가기로 했어요
오늘이 죽을 것 같은 하루일지라도
내일을 바라보며 살아야겠죠

그때야

언젠가
어느 날부터
뱀이 하늘을 날아다니고
독수리는 땅을 기어다닐 것이다
개미가 공룡만큼 커지고
날카로운 턱 니로 물어뜯어
인간의 존재가
한없이 나약해질 때
그때야
사람들은 깨달을 것이요
인간이 만들어놓은
결과물에 놀라서
아연실색할 것이다
종말의 서막이 멀지 않았음이라

아름다운 마음

사물은 눈으로 보지만
판단은 마음으로 합니다
어떤 것이든
내 마음에 아름답게 보여야 합니다
세상의 모든 것들이
아름답게 보일 때
그때가 비로소
나 자신을 사랑하게 됩니다
그러나
그러한 마음가짐에 다가가기 위해서
끊임없는 노력과 인내와
지혜가 필요합니다
그로 인해 당신은
아름다운 세상에서
자유로운 영혼을 가지고
살 수가 있을 겁니다

너의 이름은

꿈속에서 나타나
몽당연필을 쥐여주며
탐미적인 시를 쓰라고 하지

잊으려 하면 할수록
작은 화분 속
꽃망울을 스치는 소소리바람

너의 이름은
너의 이름은
사랑이라는 이름

축복과 벌

이만큼 살아온 것이
축복받은 것인가
벌 받은 것인가

지금까지 살아온 것은
축복이었으나

이렇게 살아온 것은
벌이었을 것이다

나는 누구인가

나는 누구인가
어디로 가고 있는가?
무엇을 향하고 있을까
이 물음에
대답할 수 없다면

단언컨대
지금은 잠시 잠깐 방황할 뿐
당신은 생각하는 사람이며
꿈을 가진 젊은이요
미래를 열어가는 주역입니다

미 소

당신이 날 보고 웃을 수 없다면
내가 당신께 웃음을 전해줄게요

미소가 당신을 똑똑하게
할 수는 없지만
다른 사람들을
즐겁게 할 수는 있겠죠

달빛 아래 웃음 띄운
여인의 미소는 더욱 아름다워요
당신의 매력이 뭔지 아세요
그것은 미소

풍선 안의 인생

펑 하고
쏘아올린
인생이라는 풍선 속에
화창한 맑은 구름 지날 땐
그리도 좋더니만
비바람 태풍 속에 여울을 지난다
좋은 날보다는
힘든 날이 많은 것
즐겁거나
슬프거나
인생이라는 항해는
끝없는 일기예보